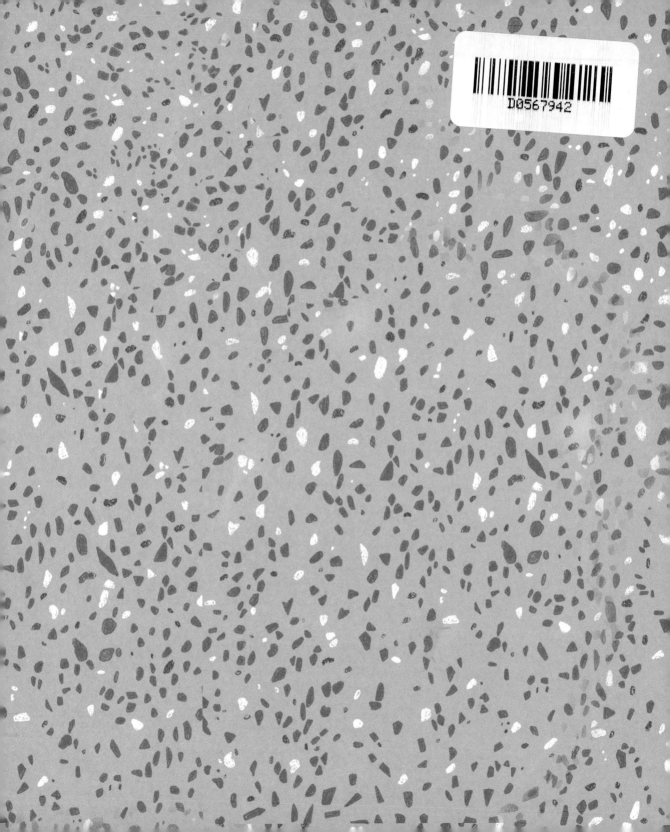

SAGAZORRO

CLAUDIA BOLDT

OCEANO travesía

Harold no es como los demás zorros.
Su sueño más grande es convertirse en detective.
Su amor más grande es el queso suizo.

Sin embargo, el padre de Harold tiene otros planes.

—Pronto serás un zorro grande, Harold.

Es hora de que atrapes una gallina.

"Será fácil", pensó Harold.
Sabe dónde viven montones de gallinas.

Atrapa una por las patas y corre a casa para
mostrársela a su padre.

Está a punto de llegar
a casa cuando la gallina
comienza a cloquear.

—¡Cloc, cloc, cloc,
cloc, cloc, cloc,
cloc, cloc!

—¿Por qué cloqueas? —le pregunta Harold.
—¡No quiero ser devorada por un zorro!
—contesta llorando la gallina.

—Yo no como gallinas. Sólo
tengo que atrapar una. A mí
me gusta el queso.

La gallina parece confundida.
—¿No comen gallinas todos
los zorros?

Harold se detiene a pensar.
"Si no como gallinas, ¿eso quiere decir que no soy un zorro?"
En un santiamén, la gallina ha desaparecido.

—¿Gallina? ¿Dónde estás? —la llama Harold—.
¡Oh, no! ¿Qué voy a decirle a papá?

Cuando regresa a su guarida, su papá está viendo la televisión.

—Harold, ¿por qué tardaste tanto? ¿Dónde está la gallina?

—Desapareció, papá.

—¿Desapareció? —pregunta su padre—. Tendrás que resolver el misterio, Harold.

A la mañana siguiente, Harold sale en busca de pistas.
Decide volver al lugar donde vio a la gallina por última vez.

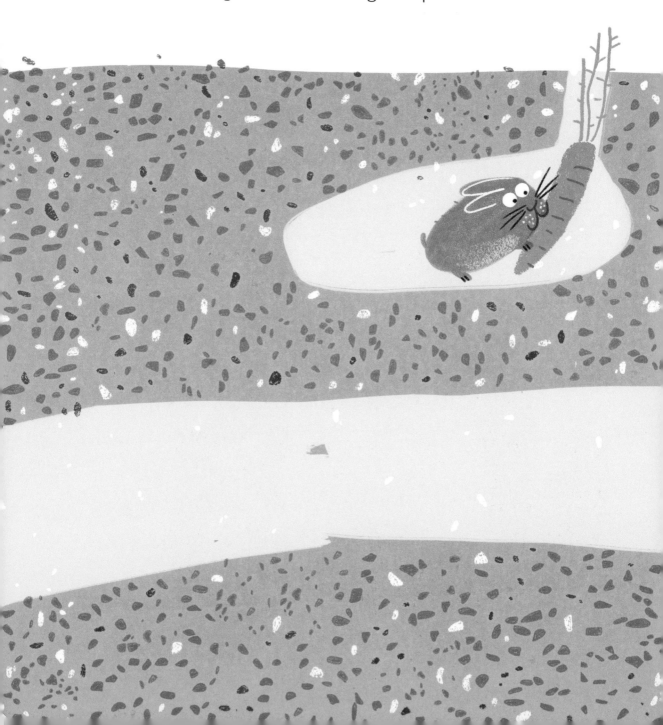

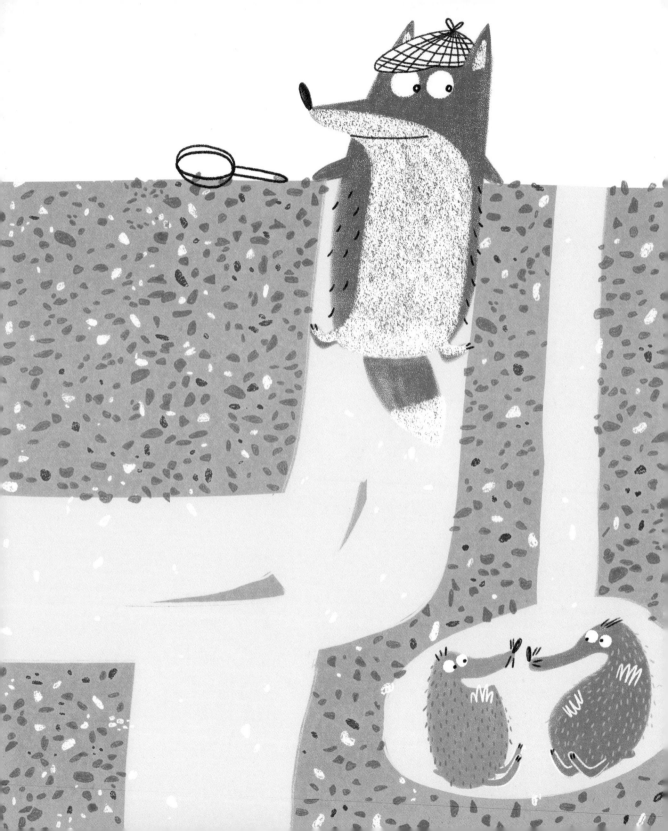

La primera pista de Harold es una pluma de gallina.
—Ésta es una prueba irrefutable de que
la gallina estuvo aquí.

La segunda pista son ocho grandes huellas de patas.

—Entonces la gallina no desapareció. ¡Fue secuestrada!
La pregunta es: ¿quién lo hizo?.

Harold entrevista a posibles sospechosos.
—¿Son éstas las huellas de tus patas?
—Yo no tengo patas. Tengo pezuñas —contesta el jabalí.

—Mis patas son muy pequeñas —responde el mapache.

—¿Es broma? —contesta el ratón.

—Hmmm —reflexiona Harold—.

¿Qué animal tiene ocho patas, es más grande
que un mapache, y querría secuestrar a una gallina?

—¡Oh, no! ¡Debe tratarse
de un dinosaurio de ocho
patas devorador de gallinas!
—dijo temblando Harold.

Harold sabe que la única forma
de estar seguro es siguiendo
las huellas...

Harold sigue el rastro tan rápido como le es posible, tan
rápido que casi no ve la pista número tres.
—¡Tengo que encontrar a esa gallina antes de que la devoren!

Es el turno de Harold de ordenar.

—Quiero una gallina entera y fresca, sin cocinar, por favor.

—Sale una orden de kebab cloqueante —dice gruñendo el lobo.

ROSTICERÍA

Especial del día:
Estofado de gallina

Garra y colmillo

Cuando nadie lo mira,
Harold libera a la gallina...

... ¡y huye con ella!

—¡Oye, tú! ¡Tienes que pagar por eso! —reclama el lobo.
—¡Ése es mi burro! —grita el granjero.

De vuelta en casa, Harold le muestra a su padre la pluma de la gallina.

—¡Resolví el misterio, papá! Dos lobos se habían robado a mi gallina, pero no te preocupes. La recuperé.

—¡¿Burlaste a dos lobos y te comiste a la gallina?! ¡Eres un zorro sagaz, hijo! Has crecido mucho.

Lo que el padre de Harold no sabe es que...

... ¡la gallina ahora está lejos,
muy lejos de ahí!

Sagazorro

Título original: *Outfoxed*

© 2016 Claudia Boldt

Originalmente publicado en 2016 por orden de Tate Trustees por Tate
Publishing, una división de Tate Enterprises Ltd. Millbank, Londres, SW1P 4RG.
Esta edición se ha publicado según acuerdo con Phileas Fogg Agency

Traducción: Sandra Sepúlveda Martín

D.R. © Editorial Océano, S.L.
Milanesat 21-23, Edificio Océano
08017 Barcelona, España
www.oceano.com

D.R. © Editorial Océano de México, S.A. de C.V.
Eugenio Sue 55, Polanco Chapultepec
Miguel Hidalgo, 11560, Ciudad de México
www.oceano.mx
www.oceanotravesia.mx

Primera edición: 2017

ISBN: 978-607-527-084-5
Depósito legal: B-9636-2017

IMPRESO EN ESPAÑA / *PRINTED IN SPAIN*

9004279010417